KB104802

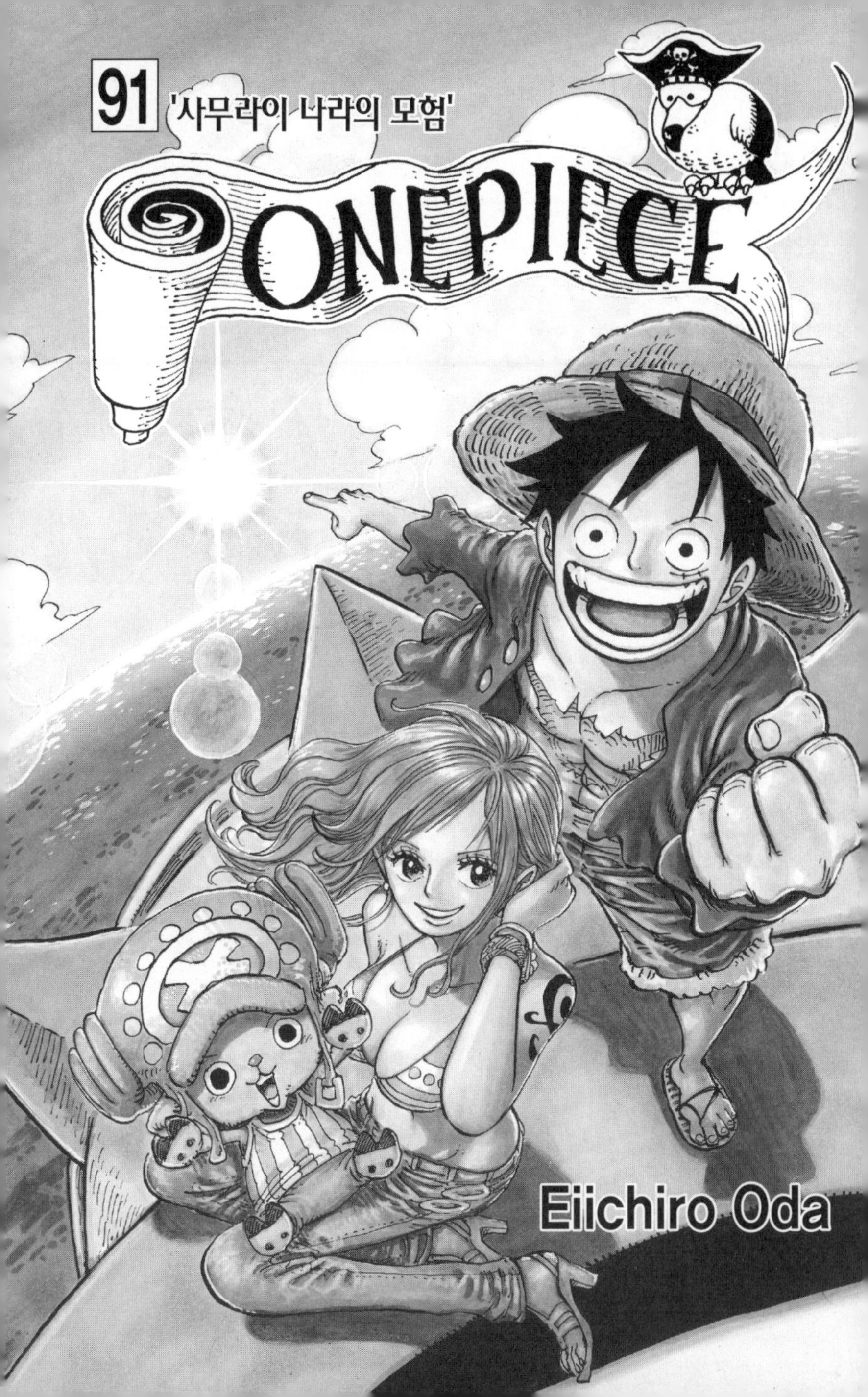
91
'사무라이 나라의 모험'
ONE PIECE
Eiichiro Oda

밀짚모자 일당

TonyTony Chopper
토니토니 쵸파

'새의 왕국'에서 '강한 약' 연구에 몰두하다, 재합류에 성공.

[선의 현상금 100베리]

Monkey D.Luffy
몽키·D·루피

해적왕을 꿈꾸는 청년. 2년의 수련을 거쳐 동료와 합류, 신세계로 향한다!

[선장 현상금 15억베리]

Nico Robin
니코 로빈

혁명군 리더이자 루피의 아버지 드래곤이 있는 바르티고를 거쳐, 합류.

[고고학자 현상금 1억 3000만베리]

Roronoa Zoro
롤로노아 조로

어두우르가나 섬에서 자존심을 버리고 미호크에게 검의 가르침을 간청. 이후 합류에 성공.

[전투원 현상금 3억 2000만베리]

Franky
프랑키

'미래국 벌지모아'에서 자신의 몸을 더욱 개조, '아머드 프랑키'가 되어 합류.

[조선공 현상금 9400만베리]

Nami
나미

기후를 연구 분석하는 나라, 작은 하늘섬 '웨더리아'에서 신세계의 기후를 배워 합류.

[항해사 현상금 6600만베리]

Brook
브룩

수장족에게 잡혀 구경거리가 되었으나, 대스타 '소울 킹' 브룩으로 출세해 합류.

[음악가 현상금 8300만베리]

Usopp
우솝

보인 열도에서 '저격의 제왕'이 되기 위해 헤라크레스의 가르침을 받고 합류.

[저격수 현상금 2억베리]

Shanks
샹크스

'사황' 중 한 사람. '위대한 항로' 후반 '신세계'에서 루피를 기다린다.

[빨간 머리 해적단 선장]

Sanji
상디

'뉴하프만 왕국'에서 뉴커머 권법의 고수들과 대전. 한층 더 성장하여 합류.

[요리사 현상금 3억 3000만베리]

맘에게 쫓기는 몸이 되었다. 그러던 도중, 페드로의 희생 그리고 징베와 그 동료들의 저항 덕분에 WCI (홀 케이크 아일랜드) 탈출에 성공하여, 조로 일행이 기다리는 와노쿠니를 향해 키를 잡는다…… 한편 그때, 성지 마리조아에서는 레벨리(세계회의)가 열리고 각국의 요인들과 루피와 인연이 깊은 면면들이 모이는 와중, 해군·혁명군·세계정부 등 온갖 꿍꿍이가 교착되어, 세계가 크게 움직이려 하고 있다…. ──와노쿠니 선발 팀은 킨에몬의 지시 아래, 어떤 임무에 착수한 모양인데….

트라팔가 로
[하트 해적단 선장]

베포
[하트 해적단 항해사]

펭귄
[하트 해적단 선원]

샤치
[하트 해적단 선원]

잠발
[하트 해적단 선원]

· 하트 해적단 ·

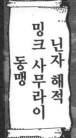

밍크 닌자 사무라이 해적 동맹

코즈키 모모노스케
[와노쿠니 쿠리 다이묘 (후계자)]

여우불 킨에몬
[와노쿠니의 사무라이]

소낙비 칸주로
[와노쿠니의 사무라이]

안개의 라이조
[와노쿠니의 닌자]

· 와노쿠니 ·

이누아라시 공작
[모코모 공국 · 낮의 왕]

네코마무시 나리
[모코모 공국 · 낮의 왕]

전력(全力)의 시실리
[이누아라시 총사대 대장]

와다 (개 밍크)
[전수민족 · 왕의 새]

캐럿 (토끼 밍크)
[전수민족 · 왕의 새]

· 모코모 공국 ·

백수 해적단

백수의 카이도
[백수 해적단 선장]

가뭄해의 잭
[백수 해적단 대간판]

로디 (소 밍크)
[고래의 숲 · 가디언즈]

BB (고릴라 밍크)
[고래의 숲 · 가디언즈]

Story · 줄거리 ·

2년의 수행을 거치고, 샤본디 제도에서 재집결에 성공한 밀짚모자 일당. 그들은 어인섬을 거쳐 마침내 최후의 바다,
'신세계'에 이른다!! 루피 일행은 정략결혼에 휘말린 상디를 탈환하기 위해, 사황 빅 맘의 본거지로 뛰어들어 무사히
상디를 되찾는 데에 성공. 그리고 벳지의 빅 맘 암살작전에 협력하였으나 실패로 끝나고, 케이크를 먹지 못해 성난 빅

ONE PIECE
vol. 91
사무라이 나라의 모험

CONTENTS

ONE PIECE vol.91

닉들, 배는
건들지
마라?!

아— 맞아.
생각났다!!

다들
뭐시기들인지
모르겠지만

여기는 폭포 위인가? 아니면 떨어진 건가?

──그리고

눈을 떠보니 여기니까

와노쿠니에는 도착한 걸까…?

어쩔 수 없지!! 뭐, 됐어.

잃어버렸네 ~~~~?!!

바닷속인가 ~~~~!!!

여기 항상 꽂아둔

어라?!

비브르 카드가 없어!!

넌 악의 일족 코즈키 가문의 '시녀(侍者)'…!!

아니, 분명 말했거든?

나는 그런 소리 한 적 없걸랑요!!

용서해주라요!! 놔주시라요!!

조금 더 내륙──.

중죄다. 유곽에 팔든가… 실형이든가!! 용서는 없어.

……!!

쌀도 제발 돌려주시라요!!

우리 자랑스런 호위꾼 (用心棒)이란 이름이 울겠다.

또 코마이누를 처치하지 못했다니!!

비비 녀석도 여기에 있었나!!

저거 봐! 해변에 배다!!

입 좀 다물어. 우리는 임무중이다!!

그렇지 않… 읍.

애!! '코마치요' ……!!

빠밤!

꽈악!!

…….. ……!!

마취로 재워 데리고 돌아가겠습니다!!

한 명 보입니다.

탑승원은?

불법 입국한 배입니다!!

'신우치'!! 역시 있었습니다!!

노동력은 되겠죠.

두두두 두두드

14

횟…

응?

촤 홧

철커억!!

시끄러운
해변이네.

앗.

으허억!!

게이一?!

!!

아니,
죽여!!!
상관없다!!!

비비!!!
코마이누는
뒷일이다.
그 녀석을
붙잡아!!

젠장……!!

19

아— 그래서 싸웠던 거구나.

나를 지키기 위해 '코마치요'가 개코원숭이에게 덤벼들고…

개코원숭이를 데려온 저 악당 녀석에게 들켜서…

—그게요, 마을에 장 보고 돌아오는 길에……

!!왕

!!왕

철썩!억!

하마터면 두 번 다시 집에 돌아가지 못할 뻔했시야요!!

—어떤 법에 걸리는 폭언을 뱉고 말았어요!!

코즈키 가문이 돌아오면 어디 두고 봐!!!

그치만 그 때… 나는 가진 걸 전부 빼앗기고!! 분한 나머지…

…… 흐—음.

잘 알겠시야요. 먹을 거 말이군요!!!

꼬르륵

고마워!! 묻고 싶은 게 잔뜩 있거든!

무언가 보답해드리고 싶습네다!!! 오라비!!

후— 모자라지만 일부러 밥까지 차려주고

타마, 좋은 녀석이야!

……!!

?

아… 화장실에 다녀올게요.

거짓말 젬병!!!

그래?! 한 그릇 더는 농담이야!! 배부르게 먹었어!! 고마워!!

네 녀석, 웬 놈이냐!!!

?!!

어…?! 우솝… 아니구나!

먹었어.

응?

너는…?

쌀을 먹었는가?!

설마……!!

!!

해에 두 번, 생일과 정월 만큼은 '쌀'을 먹이고팠기에…!!

피죽을 이따금 먹는 형편의 살림이나

그것 전부를 팔더라도 한 사람 끼니를 이을 수 있을지 없을지 모를 하루살이!!

매일 부지런히 삿갓을 짜서!!

………
……?!

스승님, 그만하시라요ㅡ!!!

스…

!!

그걸 네놈이 어찌 먹은 것이냐!!!

………
……?!

오늘은 마을까지 오타마가 8살이 된 기념 쌀을 사러 보냈다!!

나를 부끄럽게 만들지 말아주시야요!!!

!

하지만 이 사람은 내 목숨의 은인이야!!!

마음대로 밥을 지은 건 봐주시야요!!!

루피 오라비께 꼭 보답하게 해주시야요…!!!

부디 참으시야요!!!

삿갓도 다시 많이 짤 테니

……

넵 …윽!!

콜록.

이 나라의 강물은 카이도의 공장 폐수로 인해 오염돼있다!!!

야, 타마!! …물??

어리석은 짓을!! 오타마!!

너, 배고픔을 달래고자 강물을 마신 게로구나?!

……이 아이는 여기서 기다리고 있음이야…!!

조금 더 나은 토지도 있단다…!!

아직 어린 소녀로서는 독을 마심과 다를 바 없는 오수.

뭐…?

'에이스'라는 이름의 해적을……!!

'다시 오겠다'고 약속한

상륙한 것은 확실하겠죠.

머릿수도 불명이고 누군가가

철썩!…억…!

……

……

어떡할까요, '신우치'!!

——통신이 끊긴 곳은 아마도 '쿠리가하마'

내가 가겠다.

카이도 씨에게는

아직 전하지 마라.

부웅!!

백수 해적단 '신우치'
바질 호킨스

제 912 화 삿갓 마을

네가
기다린다는
그 에이스,

포트거스 D.
에이스야?

타마.

응.

오라비……!!

…콜록.
알고 있나요
……?

?!!

에이스는
죽었어.

—하지만 계속 기다려도 에이스는 오지 않아.

설령 그것이 진실일지라도 그 자리에서 밝혀야 했는가?!

네 이놈, 악귀냐!!

그렇다 한들 타이밍이나 말주변이란 게 있잖나!!

당최 섬세함이 없는 사내놈, 네 정체는 도대체 무어냐!!

나는 루피, 해적왕이 될 사나이야!! 아저씨야말로 누군데?!

……
……

해적이라고라 ~~~~~?! 기본적으로 싫다!!!

도공(刀工)
텐구야마 히테츠
(미소녀 목각 인형 컬렉터)

33

도공이다. 나 또한 오래도록 사람을 기다리고 있지.

—나는 '히테츠'.

지금은 둘 뿐이나 이곳에는 삿갓 마을이라는 곳이 있었다.

1년 이상 전, 카이도 군에

X(디에스)·드레이크라는 새로운 '신우치'가 가입하고 나서

마을의 주축이었던 호위꾼

사무라이 다섯이 당해 죄다 파괴당했다.

이제 '와노쿠니'에서 번성하고 있는 곳은

그밖의 토지는 카이도 무리의 손에 의해

쇼군(將軍) 오로치가 있는 '꽃의 도읍' 뿐이다.

무법 황야로 변했지…!!

황야?

나의 선조 '코테츠'가 공들여 만든 세상에서도 이름난 칼!!

살짝 손 대는 것조차 무례가 되는 명도!!

아니!! 게 서라, 명청한 것!! 그건 안 돼!!

이 칼도 빌릴게. 사무라이 같은걸.

꼬옥!

?

꽈앙!!

타마! 의사한테 금방 데려가 줄게!

다녀올게!! 그럼

'2대 귀철'이라 한다!!!

'명검 21자루'에 자리매김한!! 그 이름하야

…귀철?! 어디서 들어본 거 같은데

'최상명검 12자루' '명검 21자루' '양검 50자루'

세상에 숱하게 많은 검(劍)·도(刀)·창(槍) 중에서 명공들이 만든 무기를 이렇게 부른다.

'명검' 이란

약속한 거야요!!!

에이스!! '요염함' 그거 필요하냐?!

데려가줄게!!

다음에 왔을 때, 네가 요염한 여닌자가 되어 있거든

해적은 강하지 않으면 무리야!

와 하 하하하

그렇게 간단히 '죽었다'는 말을…!!

내 괴로움을 이해 못하는 거야요!!

오라비는 에이스의 상냥함을 모르니까

또 온다고 했단 말이야요!!

그토록 사이 좋았단 말이야요!!

……… ……!!

때리지 마. 아프진 않지만!!

40

덩그렁!

덩!

데굴!!

코쟁이 할배 말대로야!!

오! 북쪽으로 가니 대나무숲 빠져나가네!!

먹는 데 아무 지장 없어!!

이 근처는 물고기건 동물이건 마음껏 사냥이다. 루피!

너, 고기 갖고 있었냐!

여차저차 해서! 나 얘를 의사한테 데려가던 중이거든.

아무튼 조로! 너도 타!!

축 늘어진 꼬마!!

너, 먹고나 있을 때냐!!

아니, 조심하라고. 요 주변 물은 독이니까.

이런 고기나 물고기 다 독이란다!

그랬군. 그래서 배가 아팠나.

지금부터 쿠리가하마 쪽에 가려던 참인데 범인은 네가 틀림없겠지?

'밀짚모자' ……!!

어랍쇼?! 저 녀석은!!

거기 있는 건 전국에서 지명 수배중인 낭인 조로주로와 그 일당인가?

그래…. 저 녀석 카이도 부하라는 듯 하더군…!!

質問コー너 (질문코너)

세계 최고 변태코너 시작해 보자고!!!

에스 에스 비

(도쿄·도·키단린 씨)

D(독자) : **이번 SBS의 흐름**

1. 오다 쌤이 SBS를 시작한다 (여느 때처럼 (웃음))

2. 질문이 온다 → 오다 쌤이 발끈한다

3. 질문이 온다 → 오다 쌤이 바보가 된다

　　오다의 완벽한 엽서 선택 안목을 보여줘!

4. SBS가 끝난다 (무진장 재밌는 딴지를 걸면서)

　　　　　　　　　P.N. SBS를 시작합니다

O (오다) : 이보세요〜〜! 그렇게 예정대로 굴러가는 코너 아니래도 그러네?!

도대체가 맨처음부터 다르구만 뭘. 이번에는 내가 쌈박하게 SBS 콜을...

이미 시작됐잖어―?!! P.N.으로 시작돼버렸네―?!

D : 제 가랑이에 덜렁대는 수수경단 드릴 테니까
SBS를 시작하게 해주세요.　　　P.N. 매치와 타케시

O : 시꺼, 이 따식아―!!!

D : 제825화에서, 단맛 구름에서 내려온 솜사탕 눈을
쵸파가 기뻐하며 먹고 있었는데요,
하늘에서 야한 책이 떨어지면, 오다 쌤은
어떻게 하십니까? 호잇.　　　P.N. 샤니무니

O : 만세―!! 덥썩♡ 우물우물우물... 헉!!

아뿔싸――!! 무심코 먹는 바람에

읽을 수가 없어――!! 으아아아아...

D : 루피나 우솝 등등은 로봇을 보면
눈이 반짝반짝거리는데, 쿨하고 멋지구리한
로의 경우, 어떤 반응을 보이나요?
　　　　　　　P.N. 미카니바미

O : 이렇습니다 →
여러분도 한 번 상상해보세요.
눈앞에 로봇이 나타나면 당근 이렇게 된대두!!

48

뜬금 밀짚모자 대선단 이야기 Vol.41 올럼버스 편
'17:00 감사 속에서 출항 −해적 데뷔 실패−'

이 나라를 뒤에서 누가 주름잡고 있는가

알고는 있나?

관광이라면 그만둬….

띠 리 잉 !!

하면 안 된다고 킨에몬이…

야, 루피! 그런 말도

'사황'을 날려버리러 왔다!!

카이도 잡아!!

…… 모르겠는데!!

방금 그건 거짓말이야!! 몰라!!

19%.

살아있을 확률…

…너희가 한달 후

하아…… 하아…

크르르르…

최악의 세대 중 하나
바질 호킨스
현상금 3억 2000만 베리

'짚꾸러미 칼'

—도마뱀 한테 미안한 짓을 했네!!

뭐야, 저 검은!!

대미지는 없다!!!

'짚짚 열매'의 힘으로 부하들을 몸에 품고 있는 내게

'스트로 맨'은 부하들의 분신이다.

…… ……

방금 그거 다 뭐야?!!

10명을 품으면 10번 죽을 수 있지…….

'최악의 세대' 둘이 상대인데 외통고집으로 싸울 만큼 나는 착실하지 않아!!

'스트로맨즈 카드'로

어디 '게임'을 시작해볼까……!!

으얏!! 뭔가 나왔어!!

……. ……?!

'등루
(登樓)'

못?!!

우오오!!

조로!!

'이검류'
……!!

저 자식이!!!

그 호킨스를 격퇴시킬 줄은…!!

헉?!! 넌 누구야?!!

사무라이 분들, 무척 강하시군요 ……!!

'원호(援護)' 카드가 나왔다.

'법왕'

누군가가 손을 이끌고 녀석들은 달아난다….

오지랖일지도 모르오나 그 아이… 삿갓 마을의 오타마가 아니온지…?

쭉 꼬리 속에 있었나?!!

아까 녹색 머리 당신께서 구해주신

츠루라고 합니다.

아는 사이야?!

——그럼 의사가 아니라… 저희 '찻집'으로…!!

역시 강물을……!!

찻집 점주
오츠루

아뇨! 강물 독에 잘 듣는 '약초'를 달여 마시는 것이

으뜸입니다. 안내하도록 하죠.

두두두

차 마실 때가 아니야!!

난 이 꼬마가 누군지 모르지만서도.

그래?!! 그럼 도와 줘!!

고마워!!

녹색 은인의 치료도 부디…!!

바라건대 은혜를 갚고자 하오니……!!

응? 오키쿠~ ~~~~♡

도와준대도 그러네.

가겟세 못 낸다며?

와노쿠니 쿠리 '떡고물 마을'

내 부인이 되면 말야!

......
....

일할 필요도 없어! '농원'의 맛있는 밥을 매일 배부르게…

（효고현·요시(蘆)씨）

D : 카루는 왜 저렇게 레오를 노려보는 건가요?! 해적이라서?? P.N. 에하라 로타

O : 레벨리 쪽 이야기군요. (906화) 이건 그냥 단순히 질투 때문이겠죠. 비비가 레오에게 '귀여워〰♡' 라고 하니까요.

D : 오다 쌤, 수고 많으십니다. 제907화에서 가프 중장을 '가프 짱'으로 부르는 여성 해병은, 74권 SBS에서 소개된 '모모우사기' 맞죠? 그리고 모모우사기를 '언니야'라고 부르는 해병은, 마찬가지로 75권 SBS에서 소개된 차톤 맞는 거죠? P.N. 브룩의 남동생

O : 네. 맞습니다! 두 사람은 영화 'GOLD (골드)'에서도 히든 캐릭터로 출연했었고, 설정 또한 완성되었습니다.

D : 오다 쌤!! 907화에서 히나 양이 가프 중장을 '가프 군'이라고 부르던데 히나 양은 소장(少將)이잖아요?! 어째서 윗 계급에 더구나 대선배인 가프 중장을 부를 때, 군(君)을 붙여서 부르는 건가요??

O : 분명 그렇게 불렀죠—. 딱히 히나가 높으신 모든 사람들에게 군을 붙여서 부르는 건 아닌 듯 합니다. 가프 스스로도 계급을 개의치 않고 사람과 어울리는 데다, 당돌한 히나와의 상성도 좋은 모양이라, 동기(同期) 같은 감각이라고 생각해요.

제 914 화
'떡고물 마을'

뜬금 밀짚모자 대선단 이야기 Vol.42 번외편
'이곳은 염색 마을'

'와노쿠니'—
쿠리
떡고물 마을

우~~~~웅
~웅......

'사함초'는
놀랍도록
특효약이니까요…

해독
빨라!!!

참으로
고마우시
야요!!

나았어요
—!!

독

이제 강물은
마시면 안 돼,
오타마.

—하지만
몸속의 독이
완전히
사라진 건
아니야.

피죽을 이따금 먹는 형편의 살림·

매일 부지런히 삿갓을 짜서!!

네!!

그거 처음 먹어본 거야?

이렇게 행복한 생일은 두 번 다시 안 올 거예요!! 스승님께는 죄송하지만······!!

감사드릴 따름이야!!

이토록 사치스런 음식이 다 있다니······!!

떡이 들어있어요!!

떡이다♪ 떡이다♪

네 뺨에서도 나오잖아.

그건 배에 쌓이지 않아요.

최고의 날이예요!!

오늘은

흑····.

오츠루 씨.

이 와노쿠니에는 말이죠….

저런 아이는 수두룩 하답니다.

…… …….

…… …….

새끌

바다와 산과 숲이 있으면 먹을 것은 보통 어떻게든 되기 마련이야!!

물론 커지고 나면 독 정도는 먹을 수 있겠지만.

저런 꼬맹이가 배부르게 밥도 못 먹는다니…!!

못 먹는데요?

인간이 스스로 더럽히지만 않는다면…

그렇죠 …….

이 녀석은 '루피타로'

나는 몽키 D.

오라버니들, 착하기도 하시지. …참, 성함이?

그래, 루피타로!!

이올시다.

나는 조로주로, 낭인이다!

괜찮아. 아무한테도 말 안 해요.

왜 들통난 거지…

용케도 입국했네.

……

……

말투가 이상해……

후후후. 해외분들이지?

그 이름대로…… 다들 벼슬아치 마을의 떡고물을 노리고

이 근처에 살고들 있으니까.

여기가 '떡고물 마을'이라고 들었다만 무슨 이름이 그래.

오키쿠도 여기 와서 한달 된 신입이야…

나도 이 마을에서는 새내기고

성이 보였거든.

산 꼭대기에 예전에는 '오뎅 성'이라는

이미 20년은 더 옛날이지만…

저기 굴뚝 없는 산 보이지?

'독이 없는 먹을 것'이 어딘가 있다고 타마가 그랬는데.

이 '와노쿠니'를 다스리고 있었어….

20년 전까지는… 오래도록 '코즈키'라는 씨족이

오뎅이란 말 들은 적 있는데……?

오뎅 성…?!

뭐였더라….

결코 오로치 일당이 '음식'을 좌지우지하고자 만든 게 아니라구.

지금은 돌아가신 오뎅 님이 쿠리 사람들에게 맛난 것을 먹여주기 위해 만든 거야.

저 산기슭에 걸쳐 드넓게 펼쳐진 농원은…

저 '도원 농원'은….

…… …….

あま酒

75

그것들 모두 쇼군 오로치의 것이지만….

깨끗한 물과 옷….

있어…. 안전하고 맛있는 식량과

저기 있단 소리야? 독이 없는 음식!!

새근

새근…

너희인 건 아니겠지?!! 낭인들!!

요 몇주 동안 '농원'에서 도둑질이 벌어졌다!!

조심하는 게 좋아. 우리는 지금 '도둑놈'을 찾아다니는 중이니까!!

키기기!!

키기!!!

※와판에 그려진 인상착의에서 봤는데…?

쿠쿠 쿠쿠

잠깐만, 외꾸눈의 낭인…!!

저거 웬 놈이지?! 화살을 죄다 막아내다니.

?!

※와판(瓦版) : 목판 대신 마른 진흙에 글자나 그림을 새겨 구워서 인쇄하던 속보 기사판

타마?!!

어?!!

?!!

끄아악

으앗─!! 누구시야요?!

D : 다이후쿠처럼 마신(魔神)을 꺼내려고
    배를 마구 문질렀더니, 특대 방귀가 나왔어요.
    P.N. 뿌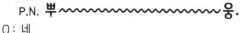웅.

O : 네.

D : 나미를 꼼짝 못하게 만든 가렛의 능력이 궁금합니다.
    샬롯 가문에는 능력자가 참 많네요. P.N. 오다 매니아

O : 가렛은 '버터버터 열매'의 버터 인간.
    버터를 조종합니다. 답은 버터입니다.
    확실히 시시때때로 능력자가 등장합니다만
    일일히 설명하다가는 이야기가 진행되지
    않기 때문에, 그다지 스토리에 관련성이
    없는 것은 팍팍 넘겨가며 읽어주세요! 짜잘한 부분도 알고 싶은 분을
    위해서 SBS나 ONE PIECE 도감 또한 있으니까요!!

D : 사황은 간부 클래스도 현상금이 높은데, ○○의 부하라는
    그런 식의 이유로 현상금이 높아지는 경우도 있습니까?
    P.N. 쌀 LOVE

O : 있고 말고요. 당연히 있습니다. 드레스로자에서의 그 사건에 연루된
    밀짚모자 일당이나 전사들이 '일률적으로 5천만 업'된 사례도 있었고 말이죠.
    선장이면 선원보다 훨씬 현상금이 올라가기도 하구요.
    개인에게 매겨진 금액으로 강함을 가늠하기란 사실 어려운 일이랍니다.

D : 안녕하세요! 오다 선생님! 혁명군 군대장 4인의 취미와 좋아하는 음식,
    싫어하는 음식을 알려주세요!   P.N. 탓츠

O : 예입.

취미: 봉사 / 카라스
좋아하는 음식: 비엔나
싫어하는 음식: 치킨 요리 전반

취미: 보드 게임 / 린드버그
좋아하는 음식: 햄버그
싫어하는 음식: 쿠키

취미: 텃밭 가꾸기 / 베티
좋아하는 음식: 아몬드
싫어하는 음식: 마요네즈

취미: 노래방・땅속 산책 / 몰리
좋아하는 음식: 바나 카우다
싫어하는 음식: 생선

제 915 화
'바쿠라 마을'

뜬금 밀짚모자 대선단 이야기 Vol.43 번외편
'해적 폐업, 염색 장인 베라미'

와노쿠니 쿠리(九里) '바쿠라 마을'

와아아아 아아아아...!!

젠장......!!

스모 대전 흥행중

오키쿠는 무슨 수를 쓰더라도 내 아내로 삼고 싶다.

그 낭인의 묘한 기백에 물러섰다만

사발 사발

'떡고물 마을' 여자라며? 그놈들은 오로치 님의 지배하에 들어올 수조차 없는 하급 인간이다.

어엉?!

시시한 일로 고민하지 마, 멍청아.

'지위'도 '명예'도, '안전한 식량'까지 있는데

찍찍찍!!

왁 왁

억지로 빼앗건 살고 있는 집을 불태워버려도 그만이고

아자아잉...

내가 차일 턱이 없쒜!!

바쿠라 마을, 어느 저택―.

가젤맨… 그 녀석이냐……

대단하군. 역시 빨라…

하아― 하아―.

헥― 하아….

오오오…

……우… 울지 않을 거야요!!!

헉― 헉―.

하아― 하아….

헉― 헉―!!

가엾게도… 당장이라도 울 것 같군.

하아― 하아.

헥―. 헥―. 하아― 하아―. 헉― 헉―.

헥헥대는 소리 시끄럽다 !!!

이만 됐다, 물러가라!! 가젤맨!!

헉― 하아… 헥― 하아―.

체력을 길러라!! 이 멍청한 것!!!

학! 학!

크ㅡㅡㅡ…!!!

옆구리 땡겨 죽겠네……!!

헥― 하아…. 하악… 헥….

그 반항적인
눈은
또 뭐냐!!!

꼬아아아악
——!!!

!!

나왔다!!
사자의 금방울
공격!!

홀덤 님!
이 꼬맹이
어쩔까요?

왜 학습을
못 한담
…….

그 고간이
사자의
고간이기도
하단 말씀!!

하지만
일심동체인
둘에게는!!

그러면 안 돼요!!

읍— 우읍~~~ ~~~

안 돼요!!

루피타로 씨!!

척..

거기!!! 너희 웬놈들이냐?

마을을 나선 기록이 없는데.

멈춰라!!

동료예요!!

......

이 마을에 있는 자들은 다들 오타마를 납치한 사람들의

구— 하— 러어——

읍!!

쿠

화ㅅ

!!

어?!

?!

풀썩

풀썩

물어본다고 알려줄 거 같지도 않군.

——그치만 싸우기도 뭣한 평범한 녀석들도 있지 않아?

어떻게 찾는다?

패기.

무언가 하신 건가요?!

코마이누 크기 좀 봬!! 누구 것이지?!

왕! 왕!!

왕냥 왕냥

마을 사람은 원래 있던 사람들이에요.

애초에 20년 전까지 이곳은 활기 넘치던 '성 아랫마을'이었죠….

——하지만 어느 날, 오로치의 부하들이 마음에 드는 집을 빼앗고는

나머지는 마을 밖으로 내쫓아버렸어요.

생활에 '필요한 상인들'만 남기고

그것이 이곳 '바쿠라 마을'입니다.

딥석!!

으와아아악.

응?

스모려나.

와아아아….!!

스모 선수가 날아온 걸 보아

마을 안쪽에서 뭔가 하는가 본데.

와

설마 스모 때문에 날아왔다는 소리야?!

다 합해 88개에! 행방불명자가 넷!!

두개골 4개에 등뼈가 7개!!

팔 10개, 다리 15개, 늑골 52개

부러진 뼈 개수가?!

아에 대해

무패의 괴물!! 요코즈나 우라시마아!!!

우라시마 님 ~~~♡

와 아 아

아아아 아

더는 인간이라 할 수 없는 이 강함!!

우라시마를 쓰러트려라!! 너희에게 걸었단 말야!!

오오~~ ~~~♡

기운 가다듬고

바짝 더, 더ー.

응?

역시 와주었더냐!!

내 색시가 될 결심이 선 것이렸다?!

!! 오키쿠~~ ~~~♡♡

빠 빵

이거 어마어마한 스캔들!!

이렇게 부러울 수가!! 요코즈나를 반하게 만든 여자!!

이게 웬 일인지!! 우라시마와 결혼을 맹세한 여자가 있을 줄은!!

!

뭐라구?! 우라시마 님의 색시~~?!

나… 나의 멋진 모습 보여줄 테니 마음 내키면 보러 오라구!!

오키쿠!! 이제부터 바쿠라 마을에서 시합이 있을 것이다벼!

그건 멋대로 그가….

정신 차리렴!!

오타마,

으……

내 뒤에 숨기는 좀 무리지.

쌱!

동경의 대상이심다!! 당연하고 말고요!!

형님, 여간내기가 아니구만요!!

예이!!

오키쿠는 나를 만나러 온 거다!!

너희들, 모셔 와라!!

—이 마을 보스가 있는 곳을 알려 줘!!

떠리잉!

야, 늬들 기다려!! 우리는 사람을 찾고 있어!!

거기 있을 테니까!!

'타마'라는 꼬맹이를!!

99

알몸인 사내를 베는 건 아무래도 좀….

야, 조로! 왜 데려가게 둔 거야!!

꺄악—!!

몸집이 크지만 우라시마한테는 딱 알맞는 여자야—♡

……

저 여자!! 아주 샘나는 꽃가마네!!

그래?!
그런 여자는
쫓아내야지!!
신분 천한 계집
같으니!!

이 마을에
들어오는 것조차
언감생심 신분인
여자다!!

이봐!!
저건 바깥의
찻집
처자잖아?!

와아아 아 아 아아아 아!!!

너희
인생 따위는
살리든 죽이든

내
마음대로야!!!

닥쳐라,
평민들!!
우리 사족(士族)
입장에서 보면

어느 쪽이건
똑같은
천것이다벼!!

그쥐이, 오키쿠
~~~~♡
내 것이 되어라
~~~~♡

……

!!!!

천것이란
사람을
모릅니다.

소인은

키잉...!!

!!!

농은 과하시군요.

상스러운 건 당신의 마음.

신나기 시작했어 ───!!!

보스를 부르기에 가장 수월해!!

오오오오

끝내준다~ ~~~!!!

제법인데, 키쿠 녀석!!!

요코즈나의 상투가아 ~~ ~~~!!!

부스스…

여자에게
차인 데다가
상투까지
잘렸어.

누려…

우라시마가
……!!

……

……

쩨
릿!

웅성
웅성

누려
누려

……

……

……

……!!

나를
배신했겠다아
~~~~~~
~~~~~?!!

오키쿠우~~
~~~~~
~~~~~!!!

우오오 오오오 오

귀신
(鬼神)의
형상!!!

무서워!!

사람들 앞에서
내가 무슨
짓을…!!

!!

꺄악!!

저 자세는
위험한데!!

ーー그런데 역시
여자에게 손찌검 하는
수준의 남자……!!

흔적없이
날아가버리는
'피안
손바닥치기'!!!

용서해주세요,
우라시마 님.

이 천민
계집아~~
~~~~~!!

죽어버려라!!!
상스러운
신분의

'고무고무'

까ーー악!!!

'밀쳐내기'~~
~~~~~!!!

으그
아아아
~~
~~!!!

………
……!!

우오오오오
~~~~?!!

콰콱!!

버텨라,
요코즈나야
!!

누구지?!
저 녀석!!

요코즈나야
~~~!!

힘내요!!

루피타로
씨!!

아차차차차
~~~~!!!

위험햇.

버텼다아~~
~~~~!!!

홀덤 님

상관없지만!

뭐

요코즈나가
여자에게
상투를 잘려?

야단법석
입니다!!

──알 게 뭐야.
그걸 나더러 뭐
어쩌란 건데……!!

? !

으와악!!!

거짓말이야!! 저런 꼬마한테 질 턱이!!!

우라시마가 날아가버렸어~~~~!!!

요코즈나~~~!!!

우오오———!!

억?!

끄악——!!!

냉큼 데리고 안 오면 전멸할 거다!!!

으헉———!!

타마에게 허튼 짓 했다간 용서 안 할 테다——!!!

썩 나와라, '홀더북'!!!

보스 이름은?!

우오오오오오오

불이 났다——!!

소방수 불러——!!

호... 홀덤….

내 이름은 '홀덤'!!!

크르르릉!!

나는 여기에 있다. 애송이이!!!

우선 꼼짝 마라!! 이쪽은 언제든지 짓씹어버릴 수 있는 상황이다.

이 꼬마를 돌려받고 싶은 모양이다만

우리에게 거스른다는 것은

도적 '슈텐마루'의 부하인가?!

배가 사자잖아.

오라비…

뭐어?!!

마을은 화재 소동이고

캡틴── 입구에 호킨스인데

바쿠라 마을 앞이다……!!

──곧 도착한다!!

현재 홀덤 님이…

띠 띠리잉!!!

……!!

돌려줄 마음 없다, 멍청한 자식아!!!

지금 구해줄게!! 타마!!!

캡틴, 나 버리고 가지 마──!!

D : 오다 선생님, 세계최대의 의문입니다 (머리말…)
이바 짱의 턱은 어떤 턱인가요?
궁금하고 궁금하고 또 궁금합니다.
　　　　　　　　　　P.N. 치바의 피넛

O : 오호라, 3번 쯤 궁금하셨군요. 저것은
　　'오징어프라이'이에요. '오징어프라이 턱'입니다!! (건성)

D : 도쿄 원피스 타워의 테마송 GReeeeN의 '4 ever 두웅!!!!!'
　　'PHANTOM ~약속~'이 수록된 앨범 타이틀이 '우레D'인데요.
　　우레'D' Σ(ﾟДﾟ;). 이건 GReeeeN이 'D'의 의지를 이었다고
　　받아들여도 괜찮나요? 괜찮은 거죠?
　　　　　　P.N. 톳피 대선단 선장 오다(大田) 군

O : 도쿄 원피스 타워에서 하는 '쇼'의
　　테마송이군요. 그런 곳에 'D'가!!
　　장본인인 GReeeeN의 히데 씨에게
　　물어본 바… '우레D'의 D는… 바로
'D의 의지'가 맞았습니다!!
와— 와— 짝짝짝. 네, 뭐어 히데 씨 본인이
흥겨운 분이라 맞장구쳐주신 것 뿐이지만요 (웃음).
매우 좋은 앨범이니까, 꼭 들어보시길 바랍니다!
기회가 생기면 도쿄 원피스 타워에서 하는 쇼도
이거 매일 하니까, 보러 가보세요!
　'PHANTOM'은 저도 감수를 맡았습니다. 무지막지 좋아요.

D : 브릴레 씨가 너무나도 근사한 여성이라, 사귀고 싶을 만큼
　　좋아합니다. 샬롯 가문에서 연애 결혼이란 가능한 것일까요…?
　　　　　　　　　　　　　P.N. 사쿠라기

O : 이해해요.
여동생 모애(慕愛)죠!! 사랑의 도주 해버렷!!

제 917 화
'식량 보물선'

뜬금 밀짚모자 대선단 이야기 Vol.44 번외편
'이 마을에는 찢기지 않는 천이 있어'

쿠리(九里) 떡고물 마을

···마을이 소란스러운걸···

으─엥, 으─엥······!!

배가 고파~ ~~!!

와! 와!

으─~~~~엥!!

약한 소리를 입에 담아선 안 돼!!

와노쿠니 사내아이로 태어난 자!

······

배고프단 말야~ ~~~.

뚝 그치렴! 꼴사납잖니!!

으~~~ ~~~엥.

우리집 애가··· 공복을 못 견디고 강물을······!!!

사함초 좀 없어?!

오츠루 씨!!

오늘도 맛나 보이는 식량이 잔뜩이네!! 히힝♡

쿠구...

쿠구구

개문~~~~ ~~~~!!

띠—

링—

덕컹...

350도!!

과연 말 레벨!!

백수 해적단 '신우치'
스피드
말 SMILE

네, 스피드 님. 여기 보십시오! 식량은 이쪽입니다!!

다 보이거든?

왜냐면

내 시야는…!!!

히

히—힝!

찔—찔—잉—잉!!

그런가?♡

미소까지 말 레벨!!

그러니까 이 이상은……!! 그는 물론 강하지만……!!

화는 이미 상당히 났는데, 저 녀석!!

엉?!

루피타로 씨…, 부디 그의 화를 돋구지 않도록 부탁드려요.

'가뭄의 잭'이 바로 이곳 '쿠리'의 총책!!

'백수 해적단' 카이도의 '심복'

?!

──그의 '뒷배'입니다.

마을 사람들이 두려워 하는 건

동물 이야기…?

네코랑 이누를 중독시켰다는 자식…, 결국 조가 날려버렸댔지?

어?! 그 자식 이야?!

──그 녀석 '조'를 멸망시킨 그놈 아닌가?!

잭은 배랑 같이 바다에 가라앉았잖아?!

—만약 여기서 홀덤의 화를 돋구고… '재해'로 불리우는

뭐어~~~~~~~?!

?!!

잭의 해난 사고를 알고 계시군요?

잭이 복수하러 온다면… 이 마을은 황야로 변하겠죠.

죽었다니 터무니없어요…. 며칠 전에 이곳에 나타났습니다.

어디 빨리 빼앗아 보셔, 이 꼬마를……!!

뭐, 움직이는 그 순간…

이봐 이봐, 너희끼리 뭘 그렇게 속닥속닥거려?!

뭐야, 치사하네! 그럼 온 마을이 인질이나 다름없는 거잖아!!

멈춰, 이 자식아ㅡ!!!

까악ㅡ. 아파요ㅡ!!

커흥.

이렇게 되겠지만!!

배고파
—!!

……?!

와아아아아!

우호—♡
스피드 님의
'식량 보물선'!!!
오늘의 밥이다
~~~~!!!

………
……!!

무해한
식량들……!!

깨끗한
물에 자란

'도원 농원'의
식량입니다.

……!!
먹을 게
저렇게나……!!!

꼬르르르

……왜
이 자식들만!!

Error

저 녀석은
화내겠지만

네?
……언제요?

날려버리지
않는 것만 해도
다행인 줄
알라구.

네?

키쿠!
미안하지만
'빼앗아
달아나기로' 했다.

나는
타마!!

조로!!
저쪽을
부탁해!!!

푸르르르르…

홀덤은 어디냐?!

호킨스 씨!!

'바쿠라 마을' 입구 부근

받지 않는군…… 홀덤….

4번지 광장에서 소동이!!

두두두 두두두!

…….

누구지……?! 강하다….

멈춰주실까……!! 바질 호킨스!!

?!

응?

우리 얼굴을 아는 녀석은 없애둬야 해!!

모처럼 정보가 없는 '쇄국국가' 와노쿠니에서

135

왕 왕 !! !!

허어?! 어느 틈에!!

쩌—쩍—!!

도망가자 타마!!

늦어서 미안!!

엉??

꼬마를 되찾아라~ ~~~~~!!

카미지로!! 너 인마, 뭐하고 있었어!!

끄아악.

주와아앙!!

윽!!!

왁 어?!

깡

개!! 이쪽이다!!

왕!!

왁 턱썩 턱썩

까악, 코마이누!!

와앗.

왕!!

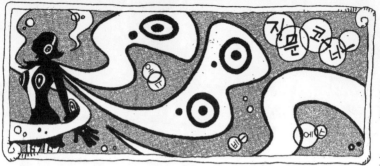

〈나가노현·진수(珍獸) toy 씨〉

D : 시작할 즈음에는 마시는 술잔이 '맥주잔'이었는데,
　　어느샌가 자달막한 술통 같은 걸로 바뀌었네요!
　　언제 바뀐 건가요?
　　어째서 바꾼 건가요? 알려주세요! 에이 찡 ☆
　　　　　　　　　P.N. 쿠츠코코

O : 예리하네요. 술통 쪽이 해적 같잖아요?!——라는 건
　　구실이고…. 일본의 법률로 술은 20세가 된 이후이므로
　　뭘 마시는지 알 수 없는 편이 좋거든요 ^^(웃음).
　　하지만 유리잔보다 멋있다고는 생각해요!!

D : 조로의 40세와 60세, 무슨 일이 생긴 미래까지 포함해서
　　보고 싶습니다.　　　　　　　　from 노부오 선장

O : 무사히 살아있다면 이렇게 될 지도 모르겠네요.

AGE 40　4검류 조로다!!

AGE 60　5검류의 조로다…!!

AGE 40　칼을 입에 무는건 관두라구　등의 상처 아파~

무슨 일이 생긴 미래

AGE 60　엎드려 빅 케나까 좀좀 빌려줘

140

제 918 화
'루피타로의 보은'

루피타로 씨!!

멈추지 마!! 마을 입구로 가!!

—!! 일 내는군…….

왕 왕!!

설마 네가 일격에?! 웬놈이지?

홀덤 니임—!!

응?

좋아, 달아나자!!

우오— 게 서라—!!!

144

에이스
같았어요….

?

꼬옥!

아뇨!

아무것도
아니야요.

!

따그닥

어?!
뭐라구?!

따그닥!!

웬놈이냐!!

스으윽…

띠띠잉!!

'바쿠라
마을'
입구 부근

목숨을
받아가겠다.

'ROOM'!!

의이──잉!!

?!

저 문신!!

──이 능력……!!

홀덤을 박살내는 일은 없겠지.

놈을 건드렸다간 끝장이다.

저쪽에는 작전을 아는 롤로노아가 있어…!!

사라져라, 호킨스.

해앰!!

그럴 법 해……!! 녀석들은

'동맹'을 맺었어…!!!

나는 살인을 좋아하지 않거든.

그냥 으름장일 뿐이야.

역시 판단력이 빠르군…!!

의사라서 말이지.

들킨 것이 뜻밖이었나? 방금 '밀짚모자' 무리와 맞닥트렸다.

뭐?!!

들키기 전에 입막음 하고 싶었겠지만.

관광은 아닌 듯 하군…!!

'동맹'이 다같이 입국하다니…

'와노쿠니'에 온 걸 환영한다.

악연의 그 샤본디 제도 이후 처음인가.

그 녀석들… 상상 가능한 최악의 사태를 저질렀어!!!

……… ……!!

……… ……

잭 님에게는 보고를 마쳤습니다!!

적은 현재 도주중!!

홀뎀 님이 도적들에게 당하고

푸르르르!!

철컥!

갈 길이
바쁜 터라!!

죄송합니다.
지나갈게요!!

이봐!!
거기
녀석들!!

왕 왕!!

길을 터라
ㅡ!!

끄아아아악.

으와악
~~~
~~!!!

?!

!!

151

오,
트랑이군.

이 자식!!

쫓아라!!
식량
도둑이다아
ㅡ!!

너는 '꽃의 도읍'
낭인 담당이잖아!!
왜 여기 '쿠리'에
있어?!!

잭까지
불러내는
짓거릴
하다니!!

지명
수배된 것도
모자라

'소란 피우지
않겠다'고
그만큼
맹세하고서는!!

……

어…
누구신지?!
괜찮으세요?!

식량이다아
~~~
~~~!!!

아아 아

야, 말 안 들려?!

그건 아직 내버린 '떡고물'이 아니라고!!!

요것들이, 거기 멈추지 못해?!!

......

......!!

공짜니까 가져 가~~~~~!!!

독 없는 거야!!!

물이다아~~~~~!!!

꾸웹———!!

응?

물~~~~~~?!!

이만한 양의 식수라니 몇년 만이래…!!!

루피타로 씨, 고마워요~~~~!!

나는 루피타로!!! 누가 묻거든 그렇게 말해!!!

사과♪

반란이라고, 이건…

밀짚모자…… '와노쿠니'에 대한

오랜만이다 야~~~~!!

어라?! 트랑이잖아 ~~~~!!

……

소방수는 뭣들 하고 있어—?!

화재가 퍼지고 있다.

야!! 늬들, 고기는 나한테도 내놔!!

……

타마에게 갚는 은혜,

이건 내게 밥을 준

그 첫 시작이야!!

155

……

저로서도 뾰족한 수가……

성가신 것들이 셋이나 되니…

—예, 추태를 보여드리는 것 같지만…

으악—!! 사자만 의식이 있어!!

홀덤 님, 정신 차리세요!!

D : 안녕하세요, 오다 선생님! 루피가 곧잘
'해적왕이, 난 될 거야!'라고 하는데 말이죠,
어째서 '난, 해적왕이 될 거야!'가 아닌 걸까요?
이 말씨에는 무언가 의미가 있나요?

P.N. 효니키

O : 무어라! (웃음) 90권을 넘기고서 이 질문이라니!
궁금하셨군요. 실은 약 20년 전 애니화 당시에,
이제는 제가 'ONE PIECE의 아버지'로 부르는 사내, 토에이 애니 프로듀서
시미즈 씨에게 같은 질문을 받았더라죠. 제가 이 대사에
강한 집착을 가진 것에 대해, 시미즈 씨는 ONE PIECE의 성공을
확신하셨다고 합니다!! 그 강한 집착이란......!! 다음 편에. (다음 편 없음)
뭐... 문법적으로 '굳센 말'입니다. '난 해적왕이 될 거야!'라는 말씨를
택하는 저였더라면, 루피는 그릴 수 없었을 거라고 생각합니다!
예컨대 답은 강조입니다!

D : 배꼽! 질문입니다. 902화의 발라티에에서 제프의 요리를 기다리는 해적 말인데,
단편 'ROMANCE DAWN'에 등장한 '초승달 갤리' 아닌가요?

P.N.타카타카

O : 용케 알아보셨네요ㅡ. 또 용케 아시네요ㅡ.
맞습니다. 이건 'ONE PIECE'의 프로토타입
단편(ONE PIECE RED에 수록)에서 등장했던
초승달 갤리라는 해적입니다. 훌륭해요!

D : 오다 쌤에게 진지한 질문입니다. 마리조아에서 등장한 '판게아 성'이란,
혹시나 세계의 대륙을 각각 퍼즐로 맞춰보면 하나의 커다란 대륙이 된다.
즉 ONE PIECE가 되는 것이다 이걸까요? 판게아 성은
세계의 중심에 있기 때문에 앞뒤가 들어맞는다고 생각합니다.

P.N. 어디 사는 장인

O : 판게아 초대륙. 세계의 대륙은 아주 먼 옛날,
하나의 대륙이었다. 이름은 분명 가져와 사용했습니다만,
그 의미는 과연...?! 말 안 해요 (웃음)

제 919 화
'오뎅 성터'

보물선
정말 고마워!!!

우리
애가
건강해
졌지
뭐야!!

저승길 선물
잘 받았다.

할아버지가
건강해졌어!!

이런
진수성찬
본 거
처음이야!!

강탈한
거잖아요.

좋은 일
했네—.

해적이
'착한 일'을
하다니,
구역질이
나는군.

왜 너까지 따라온 거야?

!

두두두

─근데

아무도 없을 터인 '오뎅 성' 폐허에… 대체 무슨 용무로?

죄송합니다. '오뎅 성'에… 한번 가보고 싶어서…!!

!!

키쿠는 착한 녀석이고 강하니까 괜찮아!!

도착하고 나면 혼자 돌아갈 수 있으니… 폐가 되지는…

루피타로 씨 일행은 좋은 사람들이지만… 아직 방심할 수 없어.

두두두

응애애─!!

웅쩔!!

!!

아니, 뭔가 숨기고 있어.

무엇일까요?!

그럼 '쇄국'이란

꽃의 도읍 ——.

저요!!

저요!!

——그럼 '개국'이란?!

맞아요.

나라의 입구를 닫고 평화를 지키는 일이에요!!

저요, 선생님!

오뎅과 '아카자야 아홉 남자'~~~!!!

그런 짓을 하려던 어리석은 자들이 있었답니다.

——하지만 옛날에

나라에 나쁜 '사람'이나 '사상'을 불러들이는 무척 나쁜 행위예요.

해외의 나라들은 와노쿠니의 온갖 것들을 탐내니까요!!

……。

오오… 맞아 맞아… 이렇게.

어떻게 해석하셨다 굽쇼?!

ㅋㅋㅋㅋ…

하하!!… 괴로운 나머지 내뱉은 추문(呪文)을!!

오로치 쇼군께선 이렇게 해석하시었지!!

'와노쿠니를 개국한다'고!!!

—그 20년 후가 올해다!!

'20년 후의 달밤에 이 원한을 풀고자'

'아홉 사무라이가 요물이 되어 네놈을 죽이고…!!'

죽은 이가 무얼 할 수 있겠나?!

코즈키 가문의 사무라이들은 20년 전!! 성내로 몰아넣어

모두 불태워 죽였는데 말이야!!! 하하하하….

—그래서 오로치 쇼군은 두려워하고 계신다!!

코즈키 가문의 망령들이 자신을 죽이러 오는 게 아닐까 하고!!

헛헛헛헛!! 한 수 겨뤄보고 싶군 그래!!

도착했다.

와노쿠니
옛 오뎅 성터

조로도
어디론가
가버렸고,

?

개를 타고도
용케 미아가
된다니까…

저 녀석,
왜 저런데?

어…
야, 키쿠!!

······!!

무덤?

20년이나 사람이 안 오는 데니까.

?

왠지 꺼림칙한 곳인걸.

뿌

성이 없어!!!

'옛 성터'라고 했잖아….

어?! 뭐야 이거.

?!

코즈키 오뎅의 묘

가신 킨에몬의 묘

가신 칸주로의 묘

코즈키 모모노스케의 묘

가신 라이조의 묘

칸주로!!

킨에몬……!!

모모

라이조

그러고 보면 연락이 안 되긴 했다만…?!!

왜 걔네들의 무덤이 있는 거지?! 죽었어?!!

이쪽으로 와라!! 밀짚모자.

제법 오랜 시간 동안.

없어.

그 녀석이 여기서 기다릴 줄 알았는데!!

킨에몬은 어딨어?!

없다고~~~~~?!

뭐야, 그 귀신 같은 출현 방식은......!!

왜 무덤 같은 게 있는데?!

어제도… 밤마다 나타났거든.

?!

스멀스멀

밤에는 나올는지도 모르지.

……겨우 좀 가라앉……

오늘도 또 밤까지 변소에서 못 나가는 줄만…

이거 이거 원, 아주 욕보았소 이다…

내가 할 수 있는 말이 아니야.

확실하게 말해! 무슨 말 못 할 사정이라도 있어?!

잉?

진짜 살아있는 거 맞아?! 그 녀석들!!

뜨어헉——!!!

돌아와 계셨던 거군요♡

만나고 또 만나고 싶어 저 떨었사옵니다♡♡

킨 니임~~ ~~~~♡♡

와락 꼬옥——♡

뭐야, 아는 사이야??

모모노스케 님도 무사하신 가요?!

안부를 걱정했사온데! 너무하시어요!!

왜 돌아오시고선 한 마디 말씀도 없으셨던 겁니까!

아는 사이 정도가 아닌데.

키쿠!! 어찌 그대가 함께?!

여봐라—, 루피!! 무사히 도착했는가!!!

그렇다, 키쿠!! 이 자들이 강력한 조력자라네!!!

아— 누구에게 무엇부터 얘기해야 좋을지…

그럼 혹여 이분들께서…!!

어?! 킨 님!!

어떻게 킨에몬 씨와 연락이 닿아서 도착했습니다~~.

요ㅎㅎㅎ.

살아있는 건 알았지만.

비브르 카드 발견해서

너 찾으러 갔었거든?! 바다 밑까지!!!

늬들 늦었네?!

루피— 크룽츄~~ ~~~!!

너였냐아!! 훔친 게!!

안전한 식량을 농원에서 훔쳐왔다.

일단 안에서 얘기하지.

여…. 너희, 베포는 어쩌고 왔어.

이놈이나 저놈이나 …….

덤불에서 나오질 않아요, 설사하느라.

174

——우선… 모모노스케 님 정체 건에 이어 그대들에게 함구하고 있던 것을

띠— 잉!!

한 가지 아뢰어야만 하오!

아하하하, 지저분한 방이네!!

미안하오나 이 폐성이 '본거지'외다…!!

잘 와주시었소!!

허나 이것은 이야기한들 믿기 어려운 일…!!

?!

아니, 지당하시외다…. 참으로 미안하오!

냉큼 다 털어놔, 섭섭하게시리!!

늬들 비밀 참 많다!

뭐??

무엇을 숨기랴, 바로 '과거'의 인간이라오…!!

…그대들도 아는 '칸주로'와 '라이조', ──그리고 이곳에 있는 우리 셋… 합하여 5명!!

시간을 넘어 찾아왔소이다!!!

사실 우리는!! …20년 전의 '와노쿠니'에서

띠 띵!!

뭐??!!

（ 오이타현 · 오십보대 씨 ）

D : 오다 선생님, 질문이 있습니다. 저는 초등학교
   6학년 때부터 손가락 하나로 사람을 꿰뚫을 수
   있는 지건이란 기술을 동경해 특훈을 해왔습니다.
   참견질 하는 친구를 꿰뚫을 수 있을 만큼의 힘을
   갖고 싶은데 지금은 '너 손톱 길다' 소리를 들을
   정도의 힘밖에 없습니다. 앞으로 몇 년 수행해야
   이상적인 지건을 쓸 수 있게 될까요?   P.N. 사촌즈

O : 친구는 꿰뚫지 않는 편이 낫다고 생각해요.

D : 몰리 씨의 능력은 무엇인가요? 그리고 '538화'에서
   이바 님께서 「뉴커머 랜드를 만든 것은 바로
   '땅꿀파기 능력자'」라고 말씀하셨는데, 몰리 씨하고
   관계가 있나요? 거인은 장수하니까 어쩌면 몰리 씨가
   옛날에 만든 것은 아닐까요?   P.N. 닭가슴살

O : 네. 정답입니다ㅡ. 우선 몰리의 능력은
   '푸시푸시 열매'입니다. 온갖 것을 부수지 않고 밀어내는 힘이 있고
   땅속으로 파고들거나 빈 공간을 만들 수 있습니다. 현재 160살 그(그녀)는
   흉악한 해적이었던 100년 이상 전에 붙잡혀
   임펠 다운 안의 어떤 공간을 만들었습니다. 그는 능력을 통해
   남 모르게 탈옥했습니다만 어느 사건에 휘말리게 되었고,
   혁명군에 들어간 건 사실 최근 이야기라죠.
   이바 씨와 성질상 의기투합했으나 이바 씨는 임펠 다운으로
   몰리가 만든 공간에서 '뉴커머 랜드'를 만든 건 이바 씨입니다.
   그러나 사실 이바 씨는, 땅꿀파기 능력자가 몰리라는 것을
   아직 모릅니다.

D : 오다 씨!! 편의점에서 성인 잡지를 살 수 없게 된다고 들었습니다!!
   이건 원피스도 살 수 없게 된다는 소리일까요?   P.N. 노부오 선장

O : 내 말 들어봐요!! 그리고 명심해요!! ONE PIECE는!!

소년만화라구웃!!! 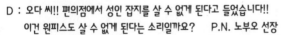 그리고 SBS 마칩니다!! 다음 권에서 봐요!!

제 920 화
'오뎅이 좋다'

표지 리퀘스트 '꿈속에서도 서로 싸우는 조로와 상디'
나라 시 P.N 고에몬

이곳에는 '오뎅 성'이라는

와노쿠니 쿠리(九里) 오뎅 성터

이는 별명이고… 진짜는 '쿠리 성'으로

성이 있었는데

그렇다!!

모모의 아빠구나!

쿠리 사람들은 오뎅 님을 진심으로 좋아하여

——그렇게 불렀소이다.

폭력 사건을 반복하시어… 기어이 '꽃의 도읍'에서 추방당하고 말았소.

♪엥?

——한편, 당시 와노쿠니에서 '무법지대'로 불리던 곳이 있었지….

우리 주군이신 오뎅 님께선 실로 파천황 (破天荒)과도 같은 분이시온데…

당시 와노쿠니의 쇼군이셨던 '코즈키 스키야키' 님의 아드님이자 자유인으로

그것이 이곳 '쿠리'였소.

쇼군 가문조차 내동댕이칠 만큼 흉악한 토지.

서로 빼앗고 칼부림에 매일 피가 흐르며…

각 도시에서 추방된 죄인·낭인들이 패거리를 이루고

?!

'아슈라 동자'와 대판 싸우기 시작하여… 마침내 무찔러

악당들 중에서도 가장 위험한 사내

어인 까닭인지 그 '쿠리'에 발을 들이고

젊은 날의 오뎅 님은

……

이윽고 모든 무뢰배들을 정리했소….

※다이묘 : 영주

활기 넘치는 '도시'를 만들어 드디어 쇼군 스키야키 님께

시끌
시끌

일하는 법을 가르치고 마을을 이루고 성을 쌓았으며

'쿠리 ※다이묘'라는 지위를 하사받게 되니. ──그것이 오뎅 님 약관 20세의 위업.

모두를 위해 '도원농원'을 만들어… 자유롭고 웃음이 끊이지 않는

그 후로는 무아지경으로 도주하기 급급했소이다.

'처형장'을 등지고 오로지 '오뎅 성'으로 향했지.

──그렇소. 이미 우리에게 아군은 없었고

──그런 상황에서 늬들 용케 살아남았군.

이미 누가 죽든 누군가는 꼭 '오뎅 성'에 도착해야 했으니 말이외다.

코즈키 가문 전복을 꾀하는 오로치의 다음 노림수는 성에 계시던 모모노스케 님의 목숨!!

도중에 서로 으르렁대는 네코마무시와 이누아라시가

오로치의 수하에게 붙잡혀 둘의 목숨은 포기했었소…!!

?!

성은 불타고 있었다오.

──허나

벌써 카이도의 손길이 미쳐

띠잉!!

진실이었구려
…….

토키 님의
힘은….

코즈키 오뎅의 묘

코즈키 모모노스케의 묘

긴에몬의 묘

가시라 이조의 묘

낡은
무덤…!!

어머니는
어디
계시는가?!

킨에몬!!!

띠 띠 잉!!

와노쿠니외다!!!

이곳은
20년 후의

현재의
와노쿠니를
알기 위에
돌아다녔다오.

──그야말로
미지의 세계….
우리는

업신여김 당하는 '코즈키'의 이름…….

멸망해버린 '다이묘'와 '도시', 메마른 대지!!

입에 댈 수조차 없는 물… 지배당하는 식량,

즐비한 공장…… 하늘로 뿜어져 나오는 무수한 흑연,

아니었소.

함께 싸울 이도 없을 줄로만 여겼으나

──더 이상 이곳은 우리가 아는 와노쿠니가 아니며

※하타모토 : 쇼군에게 소속되어 직접 만날 자격이 있는, 녹봉 만 석 미만 500석 이상의 무사.

20년… 기다리고 있었사옵니다……!!

소인은 일찍이 '키비(希美)'의 ※하타모토, 지부에몬이라는 자요!!

코즈키 모모노스케 님이 틀림없소?

모친이신 토키 님의 말씀을 믿고…!! 이 날을!!!

시신은
단 한 구도
확인되지
않았습니다…!!

설마 싶던
그 생각을
뒷받침 하듯
당신들
'아카자야
9남자'의

20년 후의
코즈키 가문의
복수를
가리키며…!!

토키 님의
마지막
말씀은

어머니께서
……?!

……그날 함께
싸울 수 있도록
싸울 의지가
있는 자는

오로치를 치고자
지휘를
잡아주신다면…!!

20년 후 미래에
당신들이 모습을
드러내고……!!

만에
하나라도
…!!

사람은 남몰래
모으지 않으면
아니 되네.

온 힘을
다하겠습니다!!

이럴 수가…
20년이 흘러도
아군이 아직
있었는가!!

발목에
달의 징표를
새기고
기다리고
있습니다…!!!

어디서
무얼
하더라도

띠 ㅇ잉!!

쫓기는 형국이 돼버렸소이다.

출국도 죄가 되는 이 나라에서 그 그림자를 목격당해

......

우리 넷은 아시다시피 동지를 모으는 여행에 나섰소.

키쿠에게 적측의 조사를 맡기고…!!

라이조와 이별!!

조에서 다시 만나세!!

'조'로 향했으나 항해술도 없는 까닭에

금방 조난되어 배는 대파,

뒤쫓는 사이에 칸주로와 또 이별!!

본인은 개의치 마시오!!!

목숨만 간당간당 부지해 표착한 섬 '드레스로자'에서는 카이도와 연결되어 있던

도플라밍고에게 쫓기며…!! 착오로 수수께끼의 배에 타버린 모모노스케 님을

그대들과
만났다오
………!!!

도착한
'펑크
하자드'에서도
시저가
그 앞잡이!!!

지금은 한편인
로 공에게
'분해'당해…
절체절명이던
판에…!!

매우
좋아하지!!!

어머,
싫어해?

야!!
이 녀석 방금
말했어!!!

웬 놈이냐….

………

……!!

이 사태를 완전히
믿지는 않는 점이
위안거리…!!

소인들은
기껏해야
'망령' 취급.

──오로치의
군세는
우리를 지명
수배했으나

돌이켜보면 위험과
또 위험이었소만,
만남에는
축복받았지.

'결전의 땅'은 '오니가시마'라고 불리오.

카이도와 백수 해적단의 본거지지.

섬......!!

큰 범선일 필요는 없소만.

해안에서도 보이는 거리의 섬이기에

그렇소! 따라서 배가 필요하오.

와노쿠니인데도 바다를 건넌다는 말인가요?

......
......

카이도는 나라를 지킨 '명왕(明王)'으로 여겨져서

——결전 당일에 있을 '불 축제'는 도읍 사람들의 일 년에 한 번 있는 성대한 축제.

'오니가시마'로 참배를 간답니다——. 그것은 그저 형식일 뿐!

'벼슬아치들'과 '백수 해적단'의 잔치가 시작되는 거죠……!!

그 날 오로치의 '장군 행렬'이

저딴 색골 사무라이보다

오키쿠 양, 나한테 반할지도 모를걸~ ~~~♡

나의 그런 용감무쌍을 보고 나면

상디, 키쿠는 무지막지쎄.

응?

요란법석 바보들을!! 쓸어버리고 대장의 목을 친다 이거군!!

과연! 술 퍼마시고 거나하게 취해

198

그런가…. 무사하다면 되었네…. 소인은… 아직 만날 수 없음이야….

네♡ 들키지 않고요.

만났는가?!

기혼자 주제에 인기 누리지 마!! 부럽게시리 ~~~~!!

시끄러워.

키쿠는 단지 부하일 뿐인지라…!!

소인에겐 어엿한 아내가 있고

어허 어허, 상디 공 착각하면 곤란하네!

오츠루 씨, 건강 하셨어요.

'불'의 '새 두 마리'와 '반시뱀'!!

—그리고 반란의 의지를 나타내는 '그믐달'!!

하여! 결전의 날과 집합 장소를 도안으로 그렸소.

'불 축제' 날의 저녁때 '유시(酉時) 둘', 장소는 '하부(刃武) 항'!!

서둘러 건네주고 다녀야 하오.

이 쪽지를 '왼쪽 다리에 달 문양을 가진 자들에게

이 문양이 바로 반란의 의지! 아군이외다!!

괜찮소. 와노쿠니에 사는 자라면 이해할 것이오.

응??

해외 시계로 저녁 5시 반부터 6시.

유시 둘이란

199

이 임무는 조로주로 공, 우소하치 공 또한 도읍에서 실행 중에 있지.

온 나라에 동료들이 흩어져 있소!!

한 사람이라도 많은 이에게 나눠줄 수 있게끔

와노쿠니 어디에들 있는지 모르나……!!

아, 조로는 아마 도움이 안 됐을 텐데.

바로
그렇소이다!!!

여닌자란

너
뻥치는 거
아냐?!

킨에몬, 잠깐만.
이거 진짜
여닌자
맞아?!

각자
임무에….

그럼
와노쿠니에
녹아드는 차림새가
되었으니

완전
딴판이잖아!!!

부르셨습니까!

타
아!!

'시노부'!!

진짜
여닌자라오.

그럼
안내인을
부르겠소.

드득…

?!

딱
악

권ㅆㅓㄱ!!!

서비스
종구만♡♡

진짜
여닌자
~~♡

으—음.
여미면
되겠네.

?

춘느려

선택지는
두 개라오…!!

머리에
팬티를 쓴
사람인 줄
알았는데
그게
아니었어요.

네 모습은
뭔데?

상디가
충격으로
꿈틀대고
있어—!!

꾹들 꾹들

꾹

후후후.
젊다는 건
참

멋지단
말야?

나는
시노부!!

나미 누님이
없었다면
마음이 꺾였을
거야!!

특기는
'요염 술법'.
잘 부탁해.

옛날에는
킨 님의
여동생
뻘이었지.
지금은
후후후...

그 마음
이해해, 소년...
끓어오른 여자란...
흉기지 암.

베테랑 여닌자
시노부

'카와마츠',
'덴지로',
'아슈라 동자'!!

──그럼
집합까지 각지로
흩어질 것이나

──일찍이
우리와 마찬가지로
오뎅 님을 섬기던
사무라이!!!
기필코
살아있을 터!!!

특히
찾아주길 바라는
세 사무라이가
있다네.

찾아낸다면야
일당백!!!

떡고물 마을—.

돌려줘요!! 그건 루피타로 씨가…!!

도망쳐. 마을에서 벗어나!!

아타마야마 도적단이다ー!!!

와아아아아아아아...

꺄악.

빠악!!

시끄러워!!!

루피타로 씨가 준 거예요!!

시끄러워, 영감탱이!! 얼른 뒈져버려!!

돌려주시게. 손주에게 먹이려던…!!

……. …….

슈텐마루 님!!

이 녀석들, 꽤 괜찮은 거 가졌는데요!!

와아아아아아...

꼬아아앙

과일도 술도 쌀도 있어!!

건방지게!!

나는
토키 님의
말씀을
믿고 있다.

할머니—
으에엥—.

내가
베어주마.

할머니,
도망
치세요!!!

잠깐만요!!
멈춰요,
도적 님!!

슈텐마루
니임———!!!

으갸악~
~~!!!

끄억~~~
~~~~!!

꽈꽈앙!!

분명
아홉 사무라이가…
오뎅 님의 뜻을
이룰 것이야…!!

얼빠진 것.
대장도 없이
싸움이
되겠나!!

죽은
사람이다.

슈텐마루
님…!!
저 녀석

!!

쿠과앙!!

와아아아아앙!

사무라이를 얕보지 마라…!!!

커흑!!

네 이놈.

척!

휘청…

잭 니임———?!!

!!!

209

엄청난 레벨의 결투야!!

………
……!!

채에이잉!!!

으악!!

이제
다 틀렸어.
떡고물 마을은
아작난다!!

싸우기
시작했다아~
~~~~~!!!

채어잉!!

티잉!!

채잉!!

멀리
벗어나아!!
슈텐마루와
잭이

잭 님~~~
~~~~~
~~~~~?!!

음?!

저…
저거요!!
하늘!!

나는…!!

죽다 만
송장이다!!!

너 같은
똘마니한테
죽는 것도
아니 될
일이지…!!

……!!
설마.

ㄱㄱㄱㄱㄱ……와

?!!

ㄱㄱㄱㄱ……

응?

…………
어째서.

아니야!!

비가 오려나요.

갑자기 뭐지……?

트랑이, 무슨 일이야?!

?!

벌컥!!

이봐, 밀짚모자. 당장 나와 봐!!

뭔가 있는데.

ㅋㅋㅋ

응?! 하늘에

앗!!

큰일이라구, 밀짚모자.

지금 당장 그 꼬맹이들을

ㅋ ㅋ···

왕ㅡ

꺅!!

꺆ㅡ

거짓말이지? 어째서!!

뭐야, 저게?!!

용?!!

·········!!

잭·········!!

예!!

으아아아아

이봐.

꺆!!

CHAMP COMICS

원피스 91

2019년 2월 28일 초판 발행
2024년 9월 17일 12쇄 발행

저자 : EIICHIRO ODA
역자 : 길 명
발 행 인 : 황민호
콘텐츠1사업본부장 : 이봉석
책임편집 : 조동빈 /정은경 /김성희
발행처 : 대원씨아이(주)

ISBN 979-11-6894-537-1 07830
ISBN 979-11-362-8747-2 (세트)

서울특별시 용산구 한강대로 15길 9-12
전화 : 2071-2000 FAX : 797-1023
1992년 5월 11일 등록 제1992-000026호

ONE PIECE

● Korean edition, for distribution and sale in Republic of Korea only.
● 이 책의 유통판매 지역은 한국에 한합니다.
● 잘못 만들어진 책은 구입하신 곳에서 바꾸어 드립니다.
● 문의 : 영업 (02)2071-2074 / 편집 (02)2071-2022

www.dwci.co.kr